ISBN VOL. 2-84580-332-X / ISBN ÉD. ORIGINALE 4-08-87741-X

I'll Vol.# 7
© 1996 by Hiroyuki Asada
All rights reserved.
First published in Japan in 1996 by Shueisha Inc., Tokyo
French translation rights in France arranged by Shueisha Inc

Édition française : © 2003, Tonkam
BP 17 - 93101 Montreuil Cedex
Site internet : www.tonkam.com
E-mail : ecrivez-nous@tonkam.com

Traduction, adaptation : David Gondelaud
Lettrage et maquette : Éditions Tonkam

1ʳᵉ édition française : novembre 2003

Achevé d'imprimer en France en novembre 2003
sur les presses de l'imprimerie Darantiere à Quetigny (Côte-d'Or)
N° d'impression : 23-1244
Dépôt légal : novembre 2003.

One Shot

Volume 1

Recueil d'histoires sur les personnages de *I'll*

Avec une histoire INÉDITE de Renka

Une histoire de Eccentric Dobatto

et une histoire de Pretty Bunny, la protectrice des familles heureuses

1

NEXT 2/3/4

SPECIAL THANKS/SHO-U TAJIMA

ICI LA 1RE VERSION FRANÇAISE. J'APPRÉCIE TOUT PARTICULIÈREMENT LE LOGO ET LA COULEUR DE FOND DE L'IMAGE.

MISE EN MARCHE DE LA MACHINE À REMPLIR LES BLANCS (VERSION MINI)

VOYAGEONS AVEC I'LL

VOICI LA VERSION TAIWANAISE. LA TAILLE EST IDENTIQUE À LA VERSION D'ORIGINE. J'AIME BEAUCOUP LES IDÉOGRAMMES CHOISIS POUR LE TITRE !

LA VERSION ESPAGNOLE DE RENKA ! JE ME DEMANDE BIEN QUI A PU DESSINER CETTE COUVERTURE ? (RIRES)

IL SEMBLERAIT QU'IL EN EXISTE D'AUTRES... MAIS JE N'EN SUIS PAS CERTAIN.

LA VERSION CORÉENNE. BEAUCOUP DE CHANGEMENTS (AMÉLIORATIONS ?) DONT LA TAILLE QUI FRISE LE FORMAT A4.

I'LL EN VERSION THAÏLANDAISE. VISIBLEMENT IMPRIMÉ SUR DU PAPIER GRIS...

JE RENVERSE, JE CASSE... JE TREMBLE TELLEMENT QUE JE FAIS TOMBER TOUT CE QUI ME PASSE ENTRE LES MAINS...

LORSQUE JE SUIS AU MILIEU D'AUTRES PERSONNES, JE ME COGNE SOUVENT À ELLES... DÉSOLÉ PARDON

JE PENSAIS AVOIR MARCHÉ TOUT DROIT SUR LA PLAGE MAIS...

QUEL JOUR ON EST DÉJÀ ?!

À BIENTÔT POUR LE TOME 8

BON, MOI JE VAIS ME COUCHER !

BRILL BRILL

GODA-KUN DORT DÉJÀ !

THANK YOU, À +

QUI SORT LES POUBELLES ?

QUOI ?!

MAIS VOUS VENEZ JUSTE DE...

...BON, ET SI ON DORMAIT ?

LE SIMPLE FAIT DE VIVRE M'ÉPUISE

ON DÉRAPE, ON DÉRAPE

JE NE SAIS PAS SI VOUS LE SAVEZ, MAIS TSUKKY REÇOIT PLEIN DE LETTRES DE FANS...

C'TE CHANCE

MAIS MAIS MAIS

BONNE NUIT !

JE TIENDRAI (SANS DOUTE) LE COUP TANT QUE VOUS SEREZ LÀ POUR NOUS ENCOURAGER !!

VOUS POUVEZ COMPTER SUR MOI

COURAGE À TOI, Ô TOI LE GRAND DESSINATEUR DE MANGA (ROI DES NUITS BLANCHES) ALCOOLIQUE ET DÉSESPÉRÉ !

ÇA NE PEUT PLUS CONTINUER COMME ÇA !!

RÉSERVÉ AUX MEMBRES DU CLUB TRÈS FERMÉ DU SHAAA !!

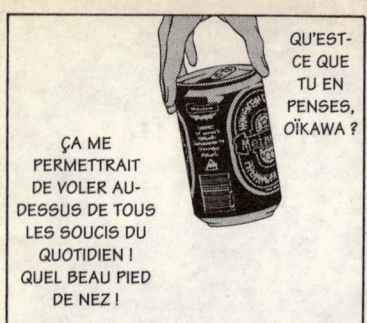

JE VAIS ME CONTENTER DE VIVRE DANS LA MERDE !

7 SHOTGUN SOUL STRIP (FIN)

BEN QUOI ?

SALE CON !

ET SI ON ALLAIT CHERCHER HARUMOTO ? JE SUIS SÛR QU'IL GLANDE CHEZ LUI !

JE NE SUIS PAS SÛR QUE TORU APPRÉCIE...

ALORS, ON VA OÙ TORU ?

ON SE POSE DANS UN KARAOKÉ ?

ARRÊTE DE GUEULER COMME ÇA !

POURQUOI EST-CE QU'ON SE RETROUVE ENTRE HOMMES POUR PASSER LA SOIRÉE D'EVE* ? POURQUOI ?!

POURQUOIIII

* NDT : LES JAPONAIS ONT POUR COUTUME DE PASSER LA SOIRÉE D'EVE (LE 24 DÉCEMBRE) ENTRE AMOUREUX. ON PEUT CONSIDÉRER CE JOUR COMME UNE SORTE DE "SAINT-VALENTIN BIS".

APRÈS TOUT, PEUT-ÊTRE EST-CE MOI QUI SUIS UNE MERDE ?

... TOUS CES CRIS D'EN-COURAGEMENT ME MANQUENT...

... DIRE QUE J'ÉTAIS LE CAPITAINE DE LA 3ᵉ MEILLEURE ÉQUIPE DU GRAND TOURNOI DÉPARTEMENTAL...

C'EST LOIN TOUT ÇA...

J'AI PARFOIS DU MAL À Y CROIRE

*TRAÎNE TRAÎNE

S'EST APERÇU POUR LA PREMIÈRE FOIS...

LE HÉROS DU BASKET QU'ÉTAIT TORU HARADA (15 ANS)...

AVAIT DES AILES...

QUE LUI AUSSI...

#−6 HOT ROAD

*EXTINCTEUR

IL Y A UN MOIS DE CELA, UN CAMARADE DE COLLÈGE NOMMÉ OÏKAWA S'EST BRISÉ LA NUQUE

C'EST ARRIVÉ BÊTEMENT... IL S'EST FAIT RENVERSER PAR UN CAMION ALORS QU'IL SE RENDAIT À SON PREMIER RENDEZ-VOUS GALANT

PARALYSÉ, OÏKAWA SEMBLE ÉGALEMENT AVOIR PERDU L'USAGE DE LA VUE ET DE L'OUÏE...

IL EST ENCORE PARMI NOUS, MAIS SON UNIVERS SE LIMITE DÉRÉNAVANT À SON LIT D'HÔPITAL...

DANS L'IMPOSSIBILITÉ D'ALLER NULLE PART...

SEUL AVEC SES CHIMÈRES...

TU PENSERAS BIEN À METTRE TA TASSE DANS L'ÉVIER !

IL EST OÙ P'PA ?

C'EST GÉNÉRALEMENT APRÈS LES AVOIR PERDUES QU'ON SE REND COMPTE COMBIEN CERTAINES CHOSES NOUS ÉTAIENT PRÉCIEUSES

#6 HOT ROAD

#-6

from 1999 February

HOT ROAD

Staff / J·kosaka & ↓

(Special Edition)

Staff / H·tsukinokisawa & M·gōda

STREET HAIR

INTERVIEW ET ANALYSE EN PROFONDEUR

UN LOOK NATUREL SANS STRUCTURE PARTICULIÈRE – DES CHEVEUX AÉRÉS ET COIFFÉS EN PAGAILLE QUI CONFÈRENT UNE APPARENCE GÉNÉRALE TRÈS TENDANCE

AKANE TACHIBANA

ÉTUDIANT EN SECONDE AU LYCÉE PUBLIC

– Votre style est un contraste nuancé entre un look sauvage et aéré n'est-ce pas ?
Akane : "Je comprends rien à ce que tu me racontes !"
– Quel est votre coiffeur habituel ?
Akane : "Barber Takeda"
– Quelle est selon vous la personne la plus branchée de votre région ?
Akane : "Mon gros voisin d'en face, il est terrible !"
– Laissez-moi deviner... je suis sûr que vous demandez à votre coiffeur de vous couper les pointes à la façon chop cut !
Akane : "Je comprends toujours rien à ce que tu me racontes !"
– Que pensez-vous des gaufrettes ?
Akane : "Je sais rien, j'en ai jamais mangé..."
– Merci d'avoir répondu à nos questions.

△ PARC D'ODAWARA JOSHI / AKANE ET SON SOURIRE ENJÔLEUR

JE PENSAIS QU'HIIRAGI...

ÉTAIT COMME ÇA...

PAR CONTRE... ÇA RISQUE DE SE COMPLIQUER PAR LA SUITE...

JE SERAIS BIEN INCAPABLE DE CONSTRUIRE UNE ÉQUIPE PAREILLE

JE TROUVE QUE KOUZU EST UNE BONNE ÉQUIPE...

MAIS JE ME SUIS TROMPÉ...

TOUT VA DÉPENDRE DE VOUS...

JE SUIS INCAPABLE D'AIMER MES JOUEURS COMME VOUS LE FAITES...

C'EST SANS DOUTE VOTRE AMOUR POUR CES GOSSES QUI FAIT LA FORCE DE KOUZU

SANS ENTRER DANS DES CONSIDÉRATIONS TECHNIQUES...

— NON, C'EST RIEN, NE VOUS EN FAITES PAS !

— ET PUIS VOUS N'AVEZ PAS TOUT À FAIT TORT...

— SORRY

— JE SUIS VRAIMENT CONFUSE... JE ME SUIS COMPLÈTEMENT MÉPRISE SUR VOTRE COMPTE... J'AI VRAIMENT HONTE...

— DÉSOLÉE

— ... PARDON ?

— J'AIME LES GOSSES QUI SE DONNENT À FOND

— ET QUI NE VIVENT QUE POUR LE BASKET...

— MADEMOISELLE MINEFUJI...

— ENSUITE, S'ILS ÉCHOUENT, ILS NE PEUVENT S'EN PRENDRE QU'À EUX-MÊMES !

— SANS CHERCHER VRAIMENT À PROGRESSER...

— À CAUSE DE PARTENAIRES QUI NE VEULENT QUE SE DISTRAIRE

— JE LEUR TENDS UNE PERCHE, LIBRE À EUX DE LA SAISIR ET D'EXPLOITER LEUR TALENT...

— MON OBJECTIF EST D'OFFRIR UN ENVIRONNEMENT ADAPTÉ AUX JOUEURS QUI VEULENT JOUER SÉRIEUSEMENT

— MAIS QUI SONT DANS L'IMPOSSIBILITÉ DE S'ÉPANOUIR PLEINEMENT DANS LEUR CLUB

#35 CRAZY

KOUZU SONNET

#35 CRAZY KOUZU SONNET

JE SUIS DÉSOLÉ, IL N'Y AVAIT PLUS QUE ÇA AU DISTRIBUTEUR

JE VEUX QUE VOUS ME RENDIEZ HITONARI HIIRAGI !!

POUR FAIRE SIMPLE...

VOILÀ POUR VOUS... ASSEYEZ-VOUS, JE VOUS EN PRIE !

ALLÔ, MADEMOISELLE MINEFUJI ?!

.....

...JE SUIS UNE FEMME DIRECTE...

AUSSI J'IRAI DROIT AU BUT...

COMPRIS LA BARBICHE !?

#35 CRA

from 1999 June

ZY KOUZU

Staff / J·kosaka & ↓

SONNET

Staff / H·tsukinokisawa & M·gōda

DIS...

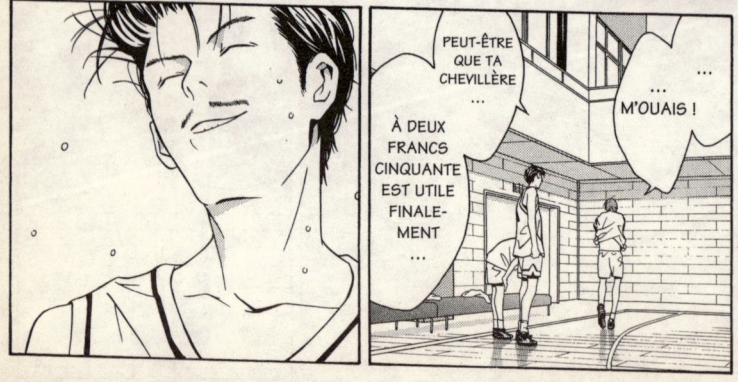

CE N'ÉTAIT...

QU'UN TOUT PETIT MATCH...

AVEC TOUT JUSTE UNE DIZAINE DE SPECTATEURS...

CE N'ÉTAIT PAS LE TOURNOI INTERLYCÉES...

CE N'ÉTAIT PAS NON PLUS UNE RENCONTRE OFFICIELLE...

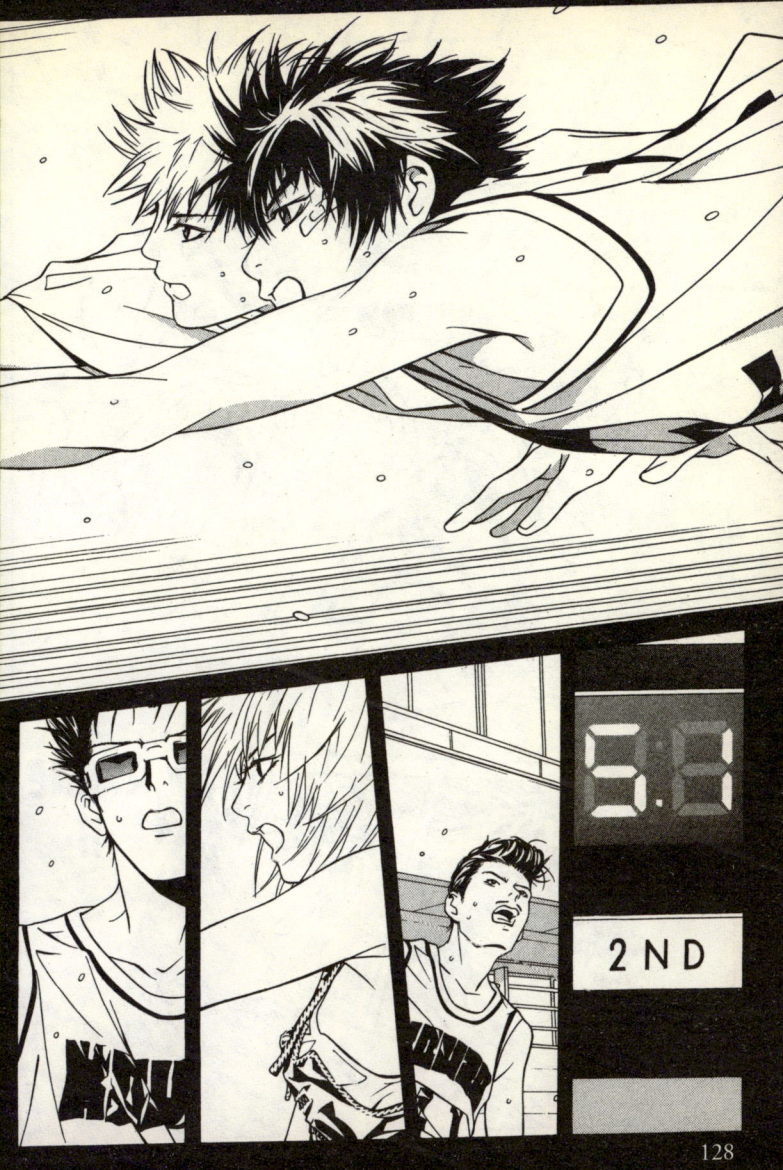

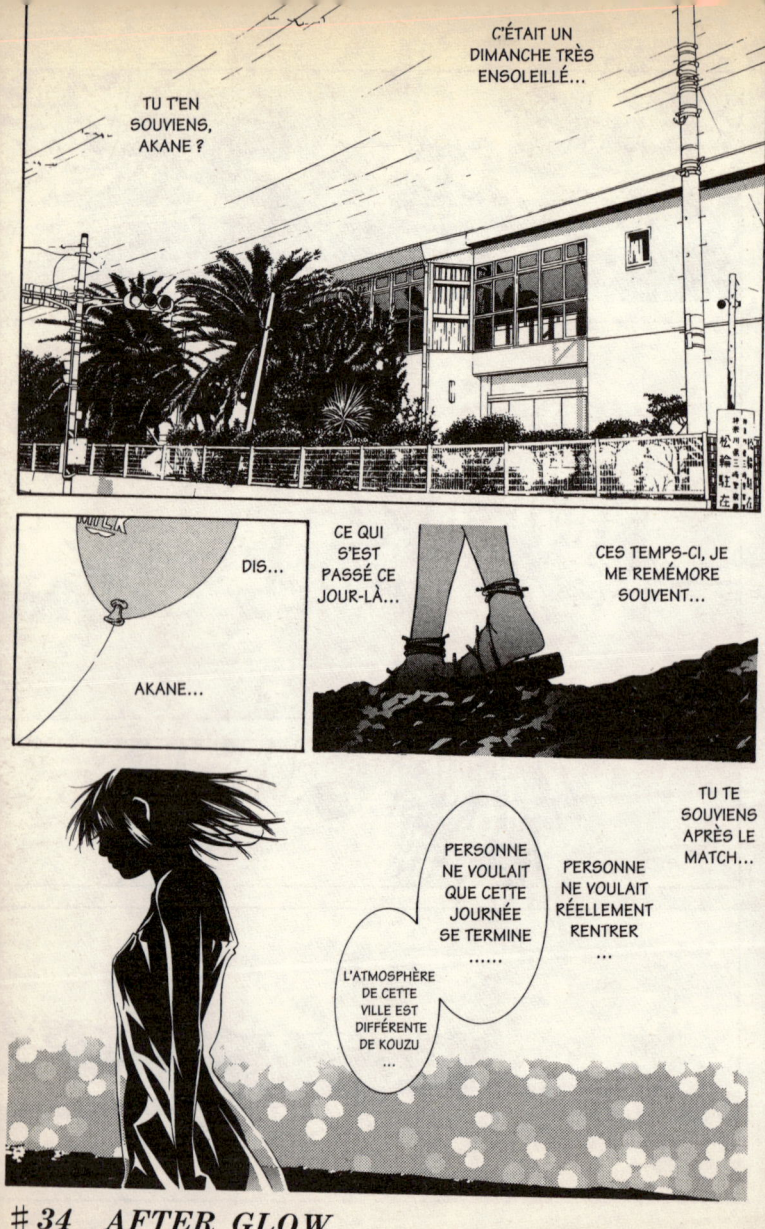

#34

from 1999 May

AFTER

Staff / J·kosaka & ↓

GLOW

Staff / H·tsukinokisawa & M·gōda

ET LAISSERONT DE PRÉCIEUSES CICATRICES, POUR NE PAS OUBLIER... LE PASSÉ...

À L'ÉQUIPE ROUGE D'EFFECTUER SON LANCER-FRANC !

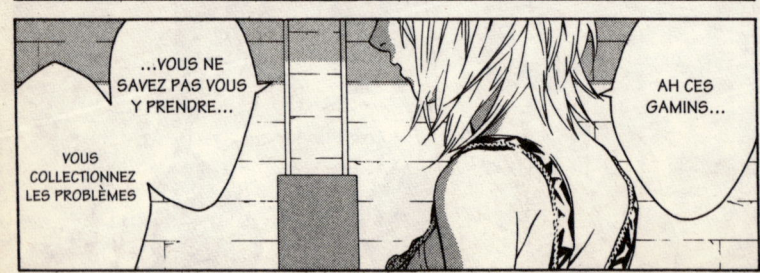

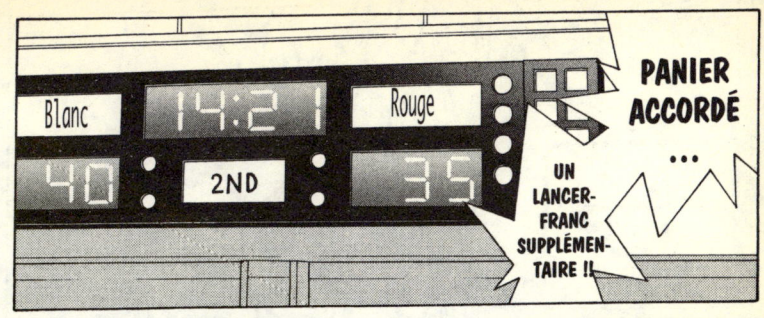

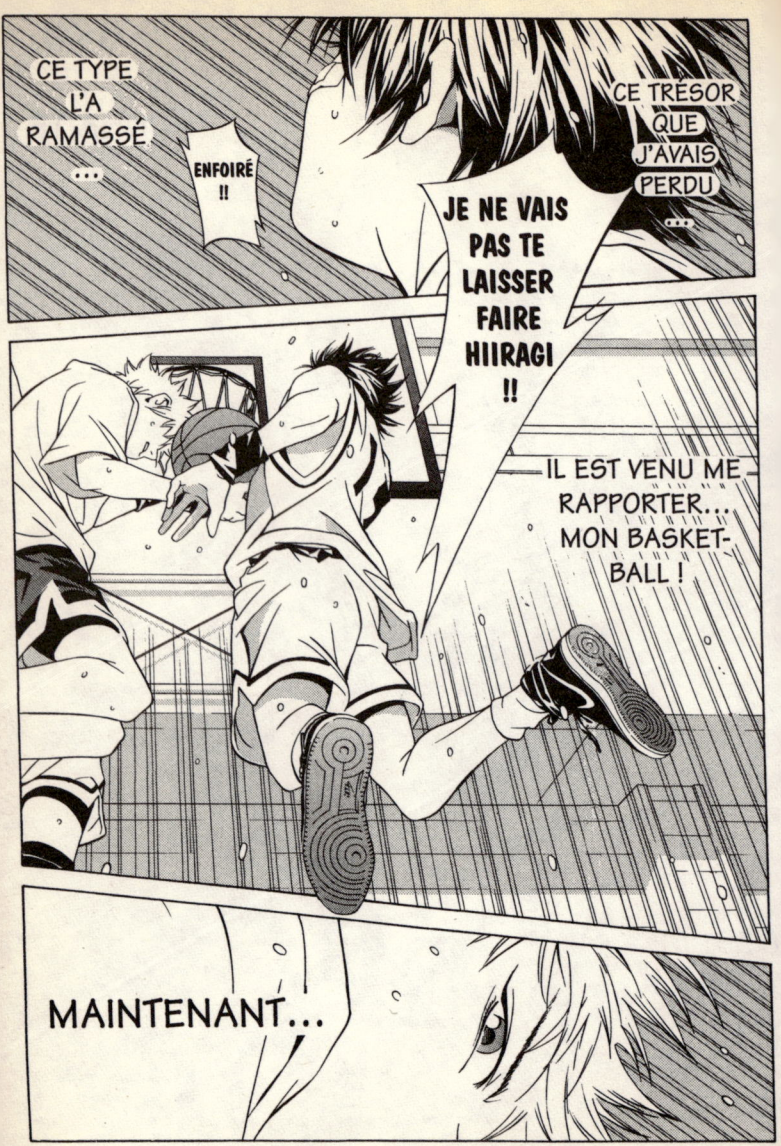

ALLEZ !!! À TOI DE JOUER TACHIBANA !!

T'AS VU CE BACK SCREEN !!

TROP FORT !!

HEIN ?

GUH !!

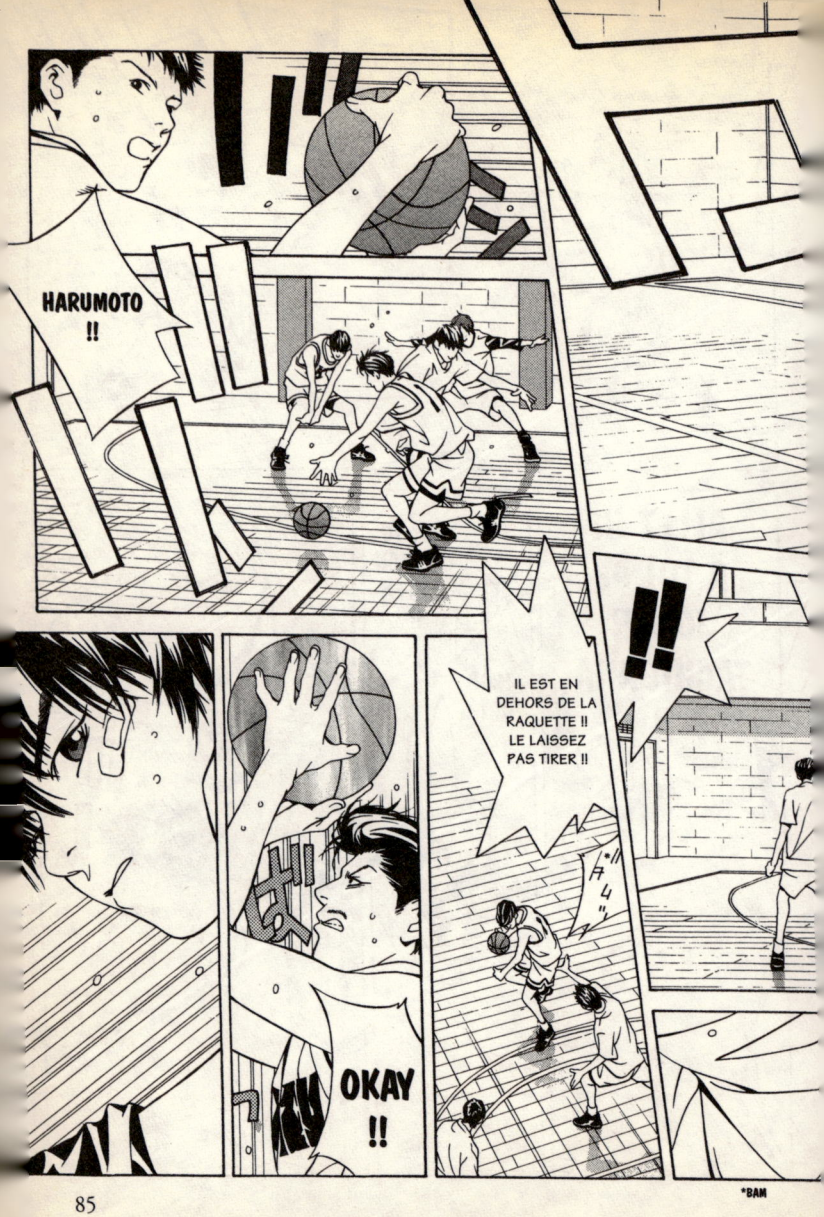

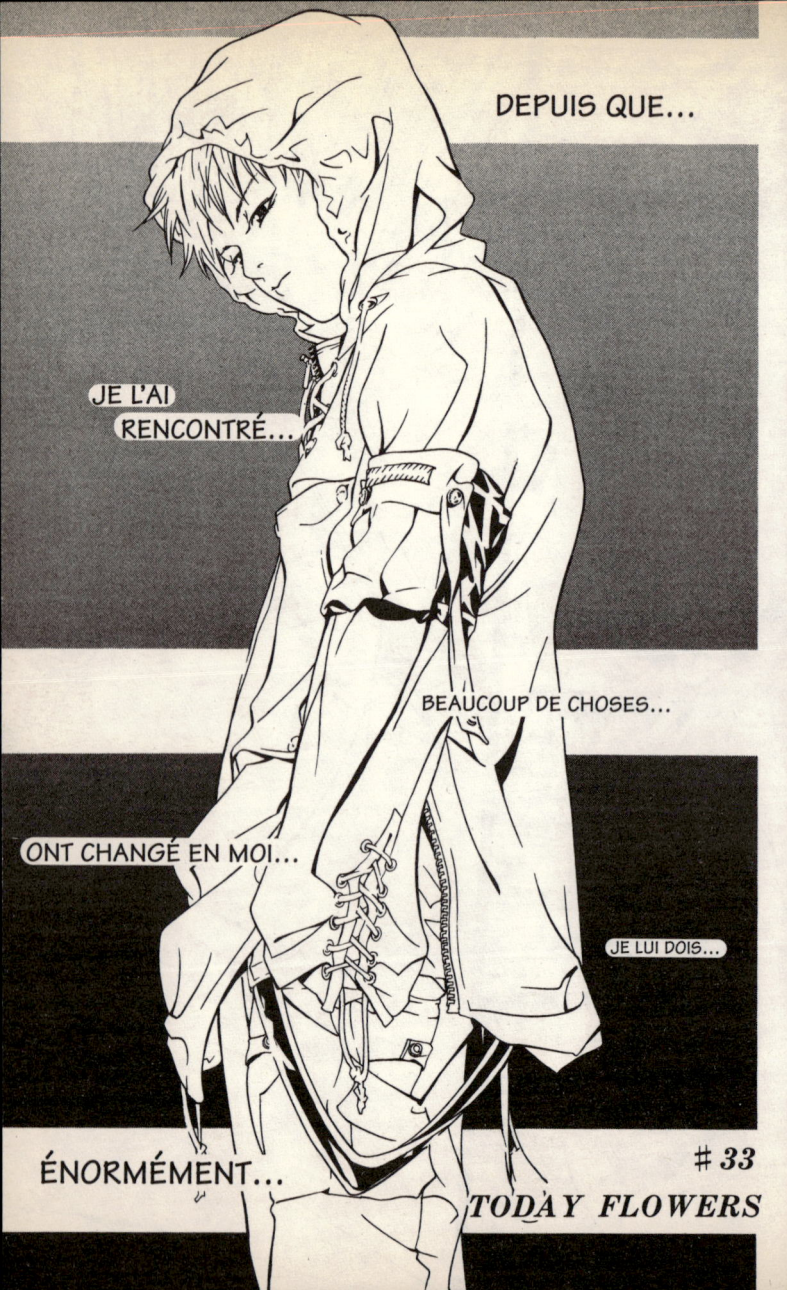

#33

from 1999 April

TODAY

Staff / J·kosaka & ↓

FLOWERS

Staff / H·tsukinokisawa & M·gōda

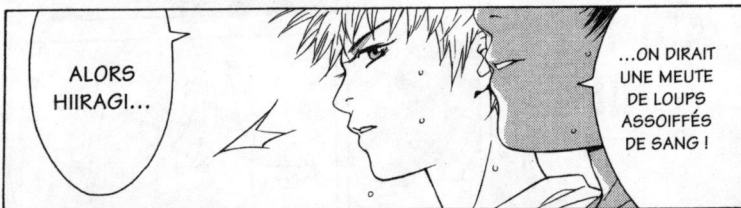

TACHIBANA !!

C'EST BON JE L'AI !!

COMPRIS !

JE NE VAIS PAS VOUS LAISSER FAIRE !

ATTAQUE RAPIDE !!

la grande classe

& PAS MAL DE FRIME AUSSI

BIG MAGNUM, LE DANDY MOUSTACHU !

LA LÉGENDE VIVANTE EST DE RETOUR SUR LE TERRAIN !!

TSS...

IL A SACRÉMENT DÛ S'ENTRAÎNER CE SALOPARD...

IL A PRESQUE RETROUVÉ SA VITESSE D'EXÉCUTION D'AUTREFOIS...

YEAH !!

BRAVO HARUMOTO !

TIR RAPIDE EN UNE DEMI-SECONDE !

QUI POURRAIT PRÉTENDRE STOPPER LE TIR À 3 POINTS D'AKIHIKO HARUMOTO !

WAAH !

JE VAIS INTERCEPTER LA BALLE !!

TU AURAIS MIEUX FAIT DE PRENDRE TON TEMPS POUR TIRER !!

GUH...

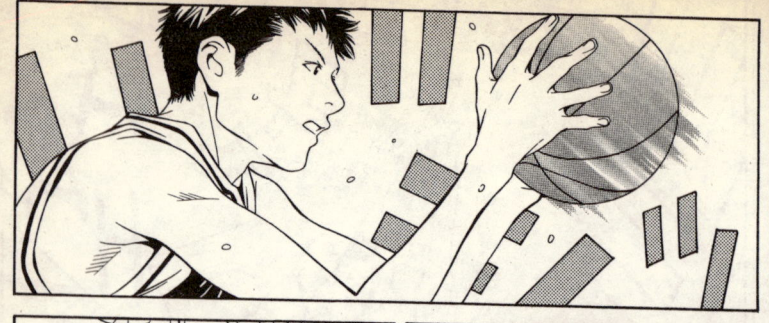

QUOI ?! UNE PASSE !?

À MOI DE JOUER !

HARU !

*BAM !

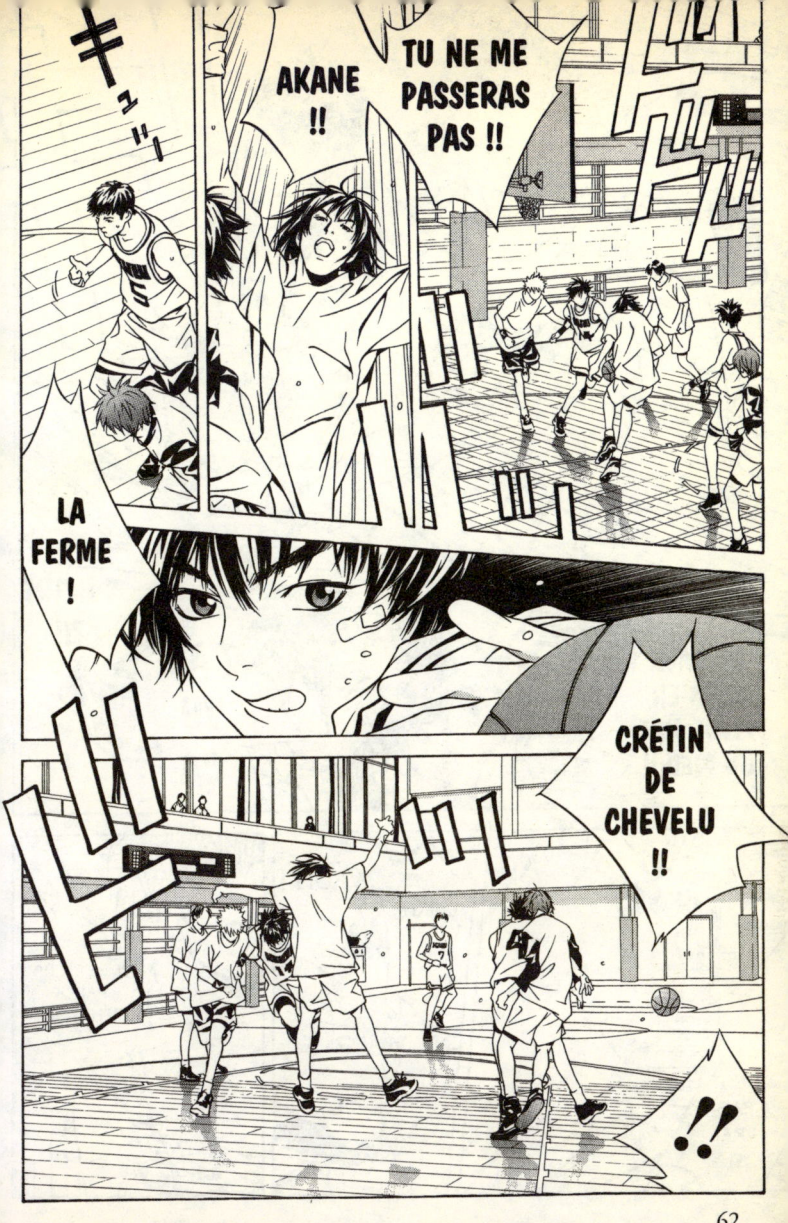

TIC
...
TAC
...

TIC
...
TAC
...

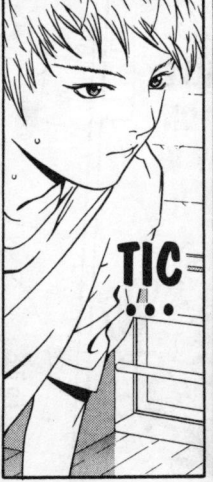

#32 SHOTGUN SOUL STRIP

#32 SHO

from 1999 March

TGUN SO

Staff / J·kosaka & ↓

UL STRIP

Staff / H·tsukinokisawa & M·gōda

ÉLOIGNEZ-VOUS DES QUAIS, LE TRAIN VA PARTIR !

C'EST QUOI CE BALLON ?

C'EST VRAIMENT TROP BON CE JUS DE FRUITS AU LAIT !

T'ES SÉRIEUX ?

EN AVANT POUR LA VICTOIRE, KOUZU !!

RIEN À AJOUTER ? C'EST PARFAIT !!

ILS S'EN FOUTENT ROYALEMENT... DONC COMME D'HABITUDE

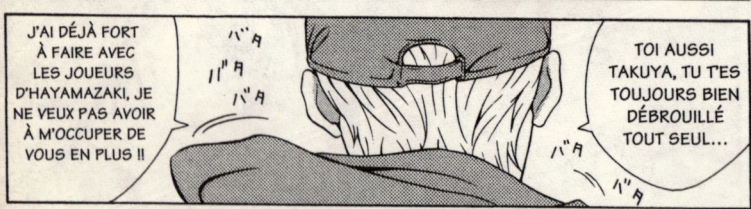

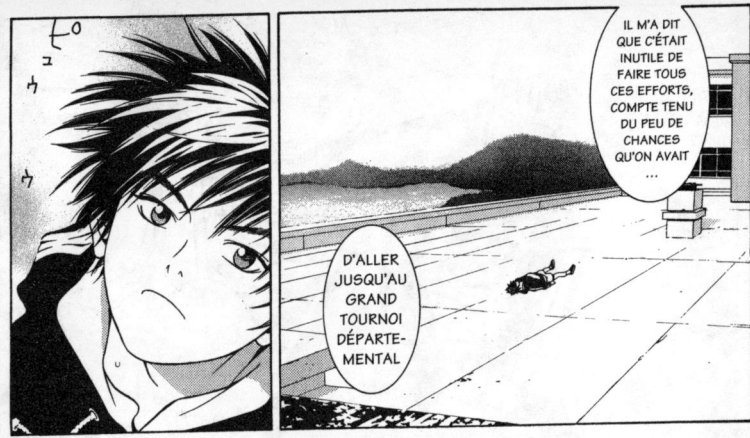

D'ESPACES DANS LA ZONE...

TOI SHIBUYA, TU TE CONCENTRES SUR LES REBONDS OFFENSIFS ET SUR LA CRÉATION...

HARUMOTO, TU TIRES À 3 POINTS DÈS QUE TU LE PEUX

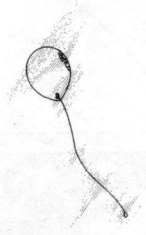

#31 LET'S GO FASTER

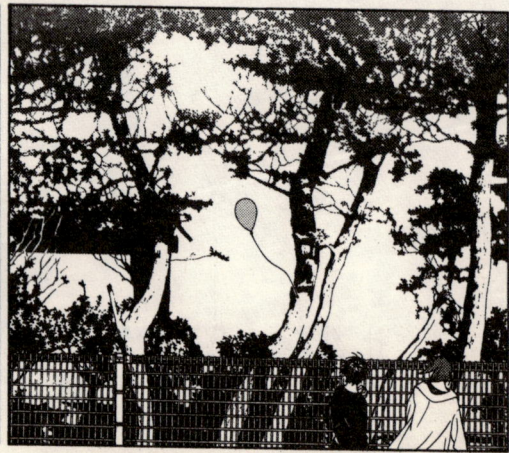

// #31

from 1999 January

LET'S GO

Staff / J·kosaka & ↓

FASTER

Staff / H·tsukinokisawa & M·gōda

SI TU TRAÎNES TROP

ABRUTI...

TU RISQUES DE RATER L'EXPRESS QUI MÈNE AU PARADIS !!

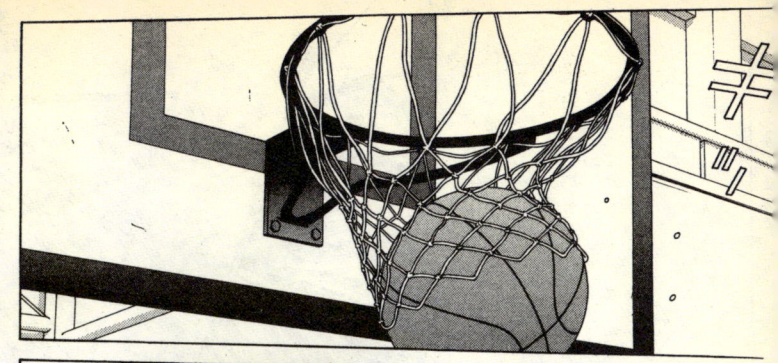

CE QUI NOUS FAIT DONC UN TOTAL DE...

1 VICTOIRE POUR 400 DÉFAITES !

DANS TES RÊVES SEULEMENT AKANE...

... HA HA ...

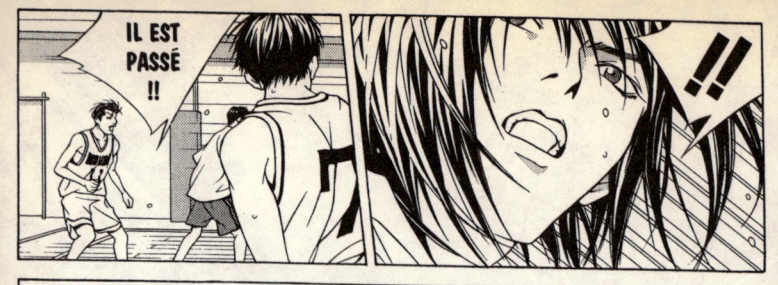

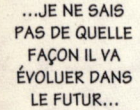

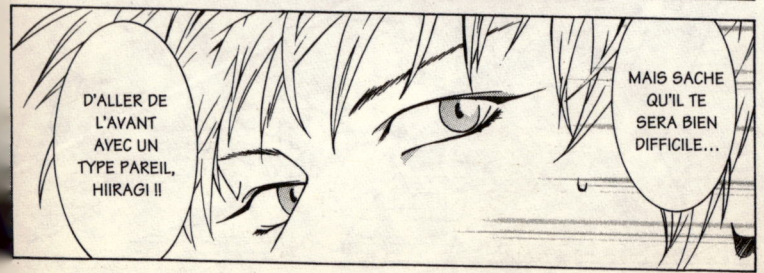

EN TOUT CAS, ON SAIT MAINTENANT QUE LUI AUSSI A ENVIE DE PROGRESSER ET D'ALLER PLUS HAUT...

... HIIRAGI ...

ET IL Y A LES PERSONNES COMME TACHIBANA...

IL Y A DES JOUEURS DE TYPE PROFESSIONNEL COMME TAKAYANAGI QUI SE DONNENT À FOND POUR UN OBJECTIF BIEN PRÉCIS...

LIBRE À TOI DE RETOURNER À KOUZU OU DE RESTER ICI...

DES JOUEURS DE TYPE "ARTISTIQUE" DIRONS-NOUS...

CEPENDANT, IL Y A UNE CHOSE QUE JE VOUDRAIS QUE TU COMPRENNES...

... GAKU S'EST LAISSÉ PRENDRE AU JEU ...

IL ACCEPTE LE DÉFI DE TACHIBANA ...

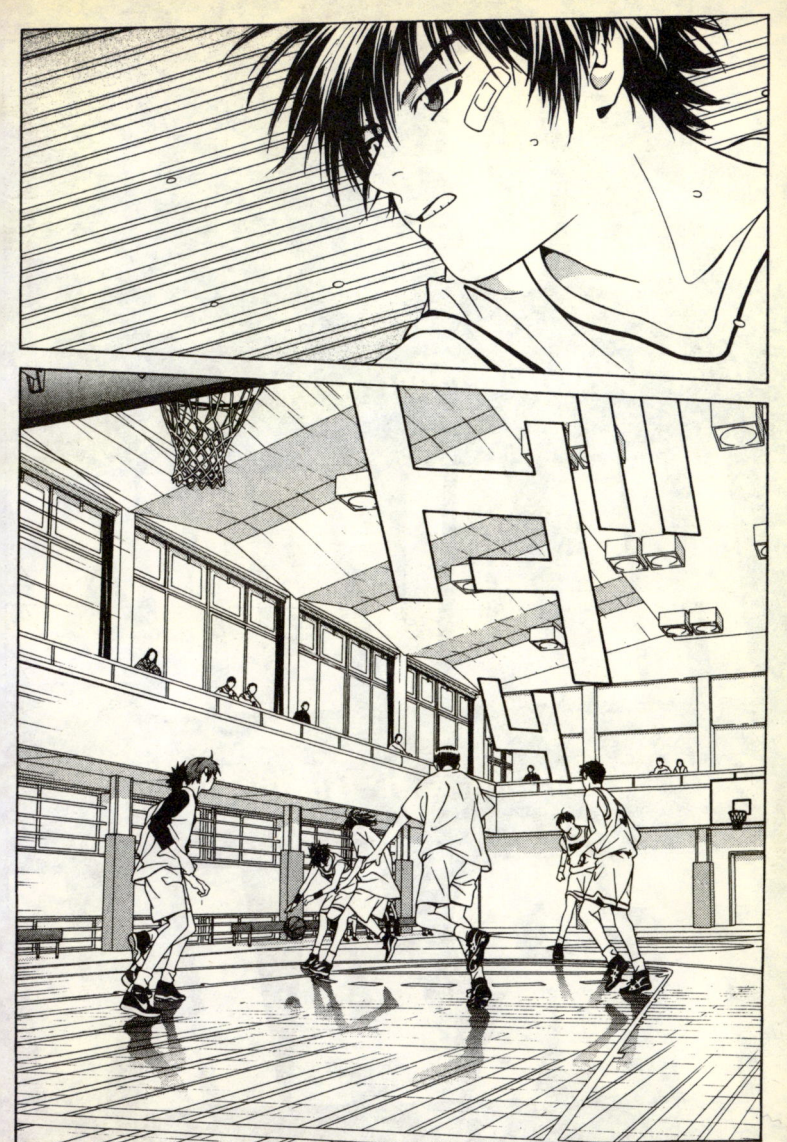

#30

from 1998 December

HEAVEN'S

Staff　J·kosaka & H·tsukinokisawa

TRAIN

♯30 HEAVEN'S TRAIN

I'll

Hiroyuki Asada

VOL.7
SHOTGUN SOUL STRIP

```
# 30  HEAVEN'S TRAIN ................................  7
# 31  LET'S GO FASTER .............................. 31
# 32  SHOTGUN SOUL STRIP ........................ 50
# 33  TODAY FLOWERS .............................. 80
# 34  AFTER GLOW ................................... 112
# 35  CRAZY KOUZU SONNET ..................... 144
# -6  HOT ROAD ....................................... 167
```

Mika Horii (15 ans) groupe sanguin O

Hitonari Hiiragi (15 ans) groupe sanguin A

Sumire Yoshikawa (15 ans) groupe sanguin A

Akihiko Harumoto (15 ans) groupe sanguin A

Gaku Takayanagi (16 ans) groupe sanguin O

Yoshiki Yamazaki (18 ans) groupe sanguin A

Koji Kanemoto (17 ans) groupe sanguin A

Kyoko Minefuji (29 ans) groupe sanguin B

MONTHLY JUMP
editor / KEITA KODAMA

COMICS
editor / YŌKO ŌHARA

(EN RAISON DE SON COMPORTEMENT AGRESSIF, LE PERSONNEL DE SÉCURITÉ A DÛ PROCÉDER À L'ÉVACUATION D'URGENCE DE MONSIEUR NOUNOURS, MERCI DE VOTRE COMPRÉHENSION)

GROOOAR, GRAOOOU, GRAAAO !! AH ! EUH... BONJOUR. JE M'APPELLE NOUNOURS ET JE SUIS UN OURS. LAISSEZ-MOI VOUS RACONTER L'HISTOIRE DE TACHIBANA ET DE... COMMENT IL S'APPELLE L'AUTRE DÉJÀ ? GI... GIRAMI ? AH ! HIIRAGI !

DONC VOILÀ, ILS SE RENCONTRENT LORS DU DERNIER MATCH D'ENTRAÎNEMENT DE LEUR CLUB DE BASKET AU COLLÈGE. PEU DE TEMPS APRÈS, ILS SE RETROUVENT TOUS LES DEUX AU LYCÉE DE... DE... KA... KAORU ? KOUZU VOUS DITES ? BON, BEN, ILS SE RETROUVENT AU LYCÉE KOUZU ET DEVIENNENT PARTENAIRES.

GROOOOOAAAR-RAAAAO !!! AHEM... ILS RENCONTRENT LE MOUSTACHU, KANEMOTO, YAMAZAKI ET J'EN PASSE, PUIS ILS S'ENTRAÎNENT DUR. ALORS QU'ILS COMMENCENT À FORMER UNE ÉQUIPE SOUDÉE, ARRIVE UNE PERSONNE DÉNOMMÉE OBATA QUI BRISE L'HARMONIE DE L'ÉQUIPE DE KAO... KOUZU. HIIRAGI SE MÉPREND SUR L'ATTITUDE DE TACHIBANA VIS-À-VIS DU BASKET ET ILS FONT UN MATCH ET PUIS VOILÀ, SI VOUS N'ÊTES PAS CONTENTS C'EST LA MÊME CHOSE, VOUS N'AVEZ QU'À ACHETER LES VOLUMES PRÉCÉDENTS !!!

GROOOOAARR !! GRO-GROOOAAR !!

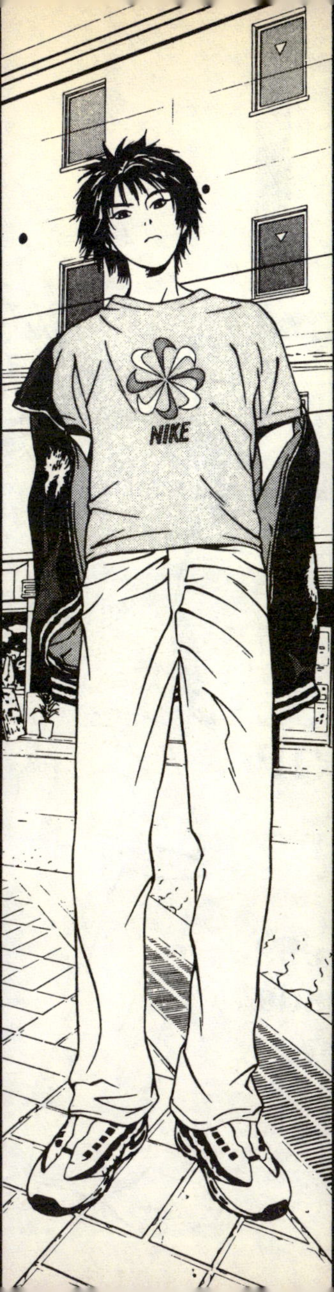

Les gens qui traînent dans le coin

Akane Tachibana (15 ans) ; groupe sanguin O